이달의 마음

이달의 마음

이달의 마음

1월부터 12월까지,
고이 접어두었던 순간을
하나씩 펴보는 시간

글·그림 단춤

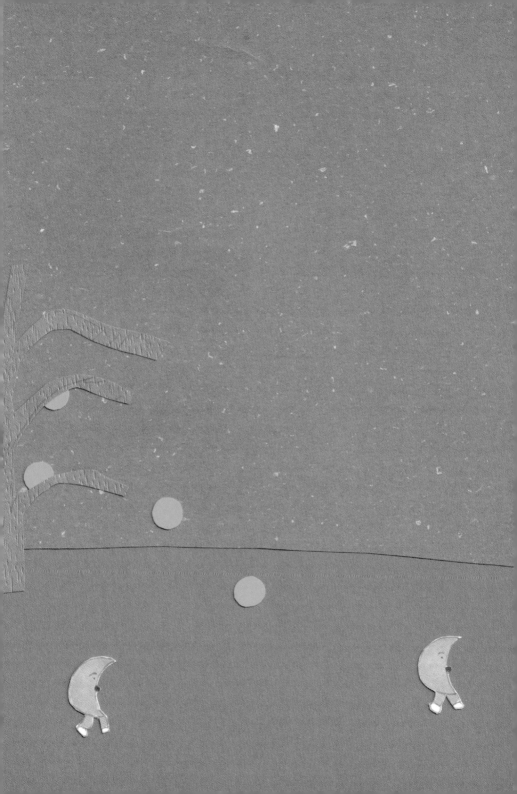

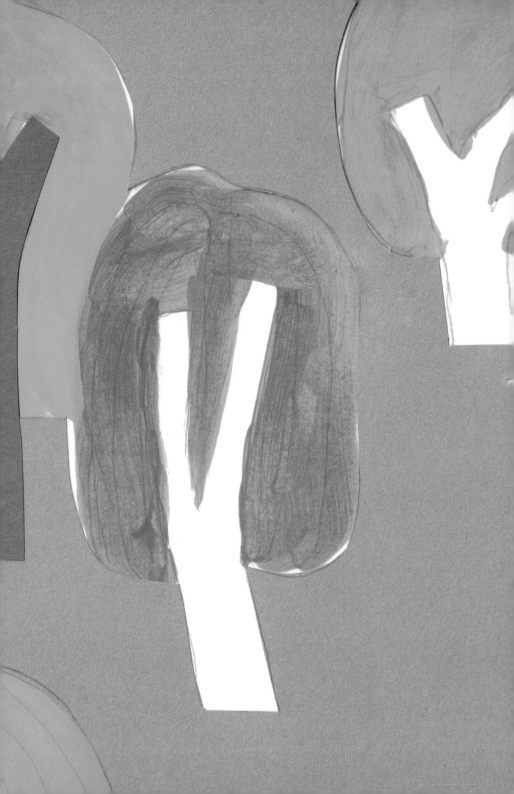

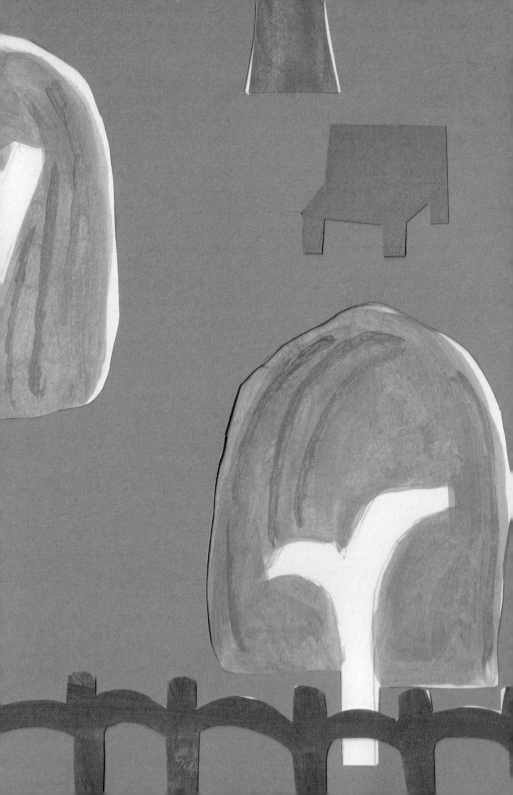

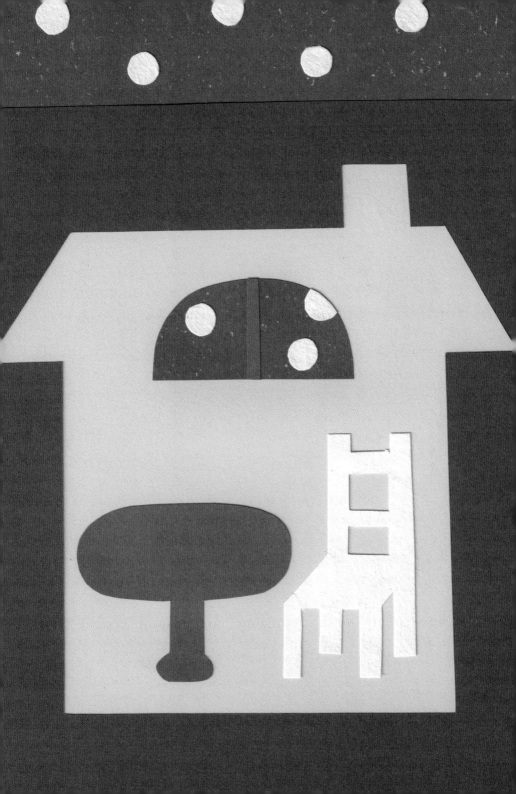

안녕하세요, 단춤입니다.

그간 잘 지내셨나요? 떨리는 마음으로 첫인사를 전합니다. 이 글을 쓰는 지금, 여름도 이제 막바지에 접어든 듯합니다. 하늘이 높고 아침저녁으로 꽤나 쌀쌀하네요.

이 책의 시작을 약속하던 날, 제가 가진 옷 중에 제일 멋진 옷을 입고 제일 좋아하는 신발을 신고 제일 평범한 가방을 손에 쥐고 약속 장소로 갔습니다. 집으로 돌아가는 길, 어찌나 발걸음이 가볍던지요. 그 마음가짐을 기억하며 열두 달의 대화와 마음을 담은 책을 만들었습니다.

마음을 쌓아가는 동안 사랑이라는 말을 자주 입에 올렸습니다. 사랑으로 이어진 우연과 인연이 참 많은 날들이었어요. 그런 사랑 안에는 너무 많은 마음이 담겨 있지만 부끄러운 마음에 어물쩍 넘기는 순간이 아쉬워 모두 다른 이름의 사랑을 붙여주고 싶었습니다.

매 계절 매달 다른 사랑이 찾아오면 그 마음을 잘 받아 자주 바라보다가 그에 맞는 단어를 나열하고 때론 무시하며 알맞은 때를 기다리기도 했습니다. 단어들은 문장이 되어 시가 되고, 받는 이가 없는 편지가 되고, 홀로 부르는 작은 노랫말이 되었어요. 나는 그렇게 흥얼거리며 입 밖으로 내뱉기 어려운 말들을 글로 적어 내려갑니다.

혼자 부르는 이 잔잔한 노랫말이 여러분에게 가닿으면 좋겠습니다. 처음 사랑을 시작하는 당신에게, 미워하는 마음에 지친 당신에게, 내 안의 다정함을 잃어버린 것 같아 슬픈 당신에게, 모든 계절을 꿋꿋이 살아가고 있는 당신에게, 모두에게요.

삶은 때로 행복하고 자주 외롭습니다. 그 사실을 알면서도 나는 하루에도 몇 번씩 공허와 다툽니다. 언젠가 내가 만든 부스럼이 너무 크게 느껴진 날, 도망 나온 산책길에서 사람들이 만들어낸 소리들을 들으며 진정 살아 있다고 느꼈어요. 사랑을 할 수 없는 사람이라고 믿어왔던 어린 시절 속 굳어버린 믿음이 깨지고, 홀가분한 마음이 되던 순간에 더 이상 울상을 짓지 않게 되었습니다. 그래, 나도 계속 사랑할 수 있겠구나 생각했습니다.

자주 외롭고 공허하지만, 그럼에도 불구하고 사랑을 기둥 삼아 잘 살아가고 싶습니다. 우리의 마음속 사랑의 깊이는 그리 얕지 않으니 그 마음을 방패 삼아 스스로를 안심시키며 함께 잘 살아가보아요. 얕지 않은 사랑이 우리를 지켜줄 것이라고 믿으며, 당신의 사랑을 늘 응원하겠습니다.

나의 이야기는 여러분의 이야기이기도 합니다. 작은 모닥불을 피워놓고 이야기를 시작할 테니 조용히 곁에 머물다 가시면 기쁘겠습니다. 이달의 마음을 부디 잘 살피시며 편히 쉬다 가세요. 그럼 이만 줄이겠습니다.

사랑을 담아,
단춤 드림

차례

들어가는 말　　　　　　12
이야기 읽는 순서　　　　17

1장　봄

3월　어제가 입춘이래　　　　　　20
　　　오래 살수록 인생은 아름답다　　26
4월　무언가를 위한 여정　　　　　34
　　　여느 때와 같은 하루였다　　　42
5월　기도를 위해 포갠 두 손　　　50
　　　나무를 안아주는 사람　　　　56

2장　여름

6월　누구를 위한 다정일까　　　　66
　　　이미 알고 있는 것　　　　　74
7월　나의 작은 자리　　　　　　82
　　　부스럼을 엮어 만든 행운　　　90
8월　마음이 빈 것 같다　　　　　98
　　　참 미운 사랑　　　　　　106

3장   가을 _____

9월   다시 돌아오자   114
       조만간 얼굴을 또 보면 좋겠다   122

10월   당신만을 위한 다정   130
       사랑스러움을 잃지 말자   138

11월   당당함 그 속의 이유   146
       우리는 서로의 힘   154

4장   겨울 _____

12월   날씨 같은 사람   162
       행복한 도망   170

1월   눈이 오는 겨울은 덜 적막하지   178
       책 속의 계절은 멈춰 있어   186

2월   볼이 붉어지는 사랑   194
       오늘은 무너져도 괜찮아   202

맺는 말   211

이야기 읽는 순서

春

봄

어제가 입춘이래

어제가 입춘이었대

아, 봄이구나

겨울이 다 간 건 아니지만

겨울 지나 봄이 오고 있구나

바람에서 더 이상 겨울 향이
느껴지지 않는다

아직은 찬기가 돌고 있지만

봄이 오는 기분은 참 좋다

20

③月

따뜻한 음료를 쥐고
벤치에 앉을 수 있고

버스 정류장 세 곳쯤은
거뜬히 걸을 수 있어

남은 추위를 함께 맞서본다

이 겨울이 끝나지 않을까
두려워했던

봄은 꼭 올 거야

라는 응원을 받지

지난밤들에 웃음을 터트리듯

그 다짐에 힘입어서 나도

이르게 봄을 맞이하는 꽃들에게서

움츠린 어깨를 털어본다

이맘때쯤 봄바람처럼
나의 곁을 맴도는

여전히 너는 바쁘게 살아서

기분 좋은 연락이 불어온다

잘 지내고 있니?

물어볼 여유도 없게 느껴지지만

내가 생각났다며 보내온
사진과 인사에

봄이 한창이야-

차가운 바람으로 붉어진 얼굴에

너는 참 봄 같구나 생각했어

행복이 더해져서

당신 사랑을 가득 담아 보내준 봄

더 밝게 빛나는 듯하다

아직은 나무들에 잎이 없어

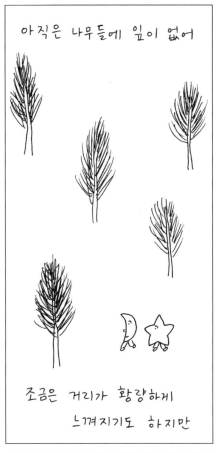

조금은 거리가 황량하게
느껴지기도 하지만

마지막 춤을 추며

겨울을 보내주자

아무렴 어때

오래 살수록 인생은 더욱
　　　　아름다워진다

그다지 세상이 아름답지 않다고
　　　　　생각했던

건축가 프랭크 로이드 라이트의 말이다

어린아이의 모습이

이 문장을 듣고
　　나의 어린 시절이 떠올랐다

3月

짐어지지 않아도 될 걱정을 들쳐 메고

아무것도 할 수 없는 기분이 들어

하루 하루가 나아지길 바라던
때가 있었다

그렇게 긴 시간을 항해하였다

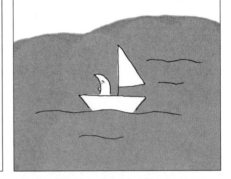

그 마음이 무거워지다 결국

항해의 길은 멀고도 험했고

밤은 더욱 어두워졌다

그런 고요 속에서도

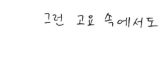

어느 날, 서로의 솔직함을 나누던 밤

아름다움은 항상 나를 일으켜주고

나는 아직 떠나고 싶지 않았다

다정함은 나를 녹여주었지

계속해서 살아가고 싶어졌다

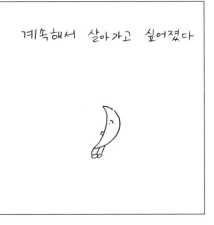

그날을 기점으로 난 잘 살고 싶어서

내 안에 있는 여유의 마음이

밖에서 안으로 들어왔다

점점 커지고 넓어지게

나에게 상냥한 사람이 되자

매만지고 덧붙여 더욱 단단해지게

노력을 거쳐 시간이 흐를수록

여유로운 마음으로 다정을 표현하고

나는 여유로운 사람이 되었다

아름답고 재밌는 것을 담으러 떠났다

여유가 담긴 눈으로 바라보고

세상엔 즐거운 것이 많구나

이전과 다를 게 없는
　　　하루일 텐데

더욱 욕심이 나고 잘하고 싶어져

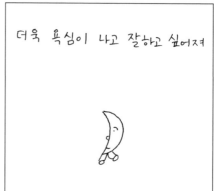

좋아하는 것에 사랑을 담으니

노력해서 닿을 수 있는 곳까지

자신감 있는 사람이 되었다

그리고 거기서 한 뼘 더 높이

오래오래　노력할래

아마 어린 시절의 나에게

아니면 조금은 믿어보고 싶었을까

오래 살수록 인생은 아름답다

라고 말해줬다면

하루하루를 다정히 보냈다면

믿지 않았을 것이다

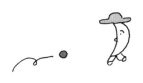

참 기뻤을 것 같아

사람으로 태어난 나는 자주 곱씹었다

그 이유가 참으로 궁금했다

나는 왜 태어났을까

이유를 찾을 수 있을 거라 생각해서

세상에 참 많은 선택지가
있는데 말이야

나는 그것을 위한 하루들을 살았다

지독한 슬픔에 잠겨

오늘이 끝이어도 좋겠다고도 생각했다

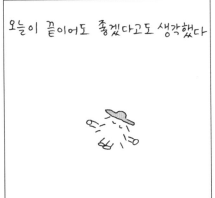

계절에 한발 늦는 사람이
되어 보기도 했고

그렇게 감정의 끝과 끝을 내달리며

버거울 정도로 행복감을 느껴서

이유를 찾아가던 여정

그 끝에 부딪히고 나서야 비로소 무언가를 알아차리게 되었다

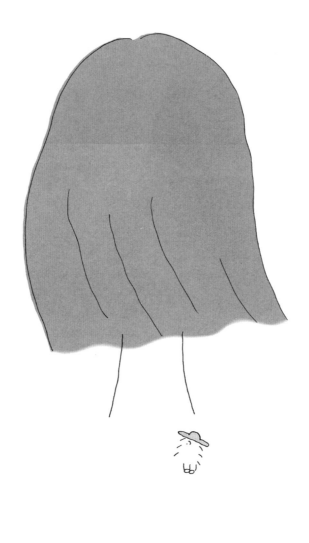

세상에서 가장 연약한
마음을 가진 채로

결국, 짐을 내려두고

슬픔은 굳건했던 다리에 스며들고

쉬어갈 준비를 한다

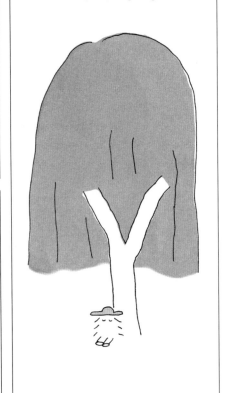

이내 쓰러져

자유를 사랑을 용기를

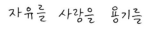

상냥한 눈으로 찾는다

그렇게 나는 한 발자국 더
상냥한 사람이 되려 해

그 마음을 기억하려 노력하고

'왜 태어났을까' 라는
궁금증의 해답은 멀리 있지 않았다

품에 안고 다시 일어나

비로소 무언가를 알아차리기 위해
나는 태어났구나

말로 잇지 못하는 감정들이

비로소 입 밖으로 내밀 수 있을 때는

아직도 새롭게 존재한다

네 번의 계절이 지나고서야

무어라 말할 수 있을까

그제야 문장으로 읊조린다

4月

그렇게 나는 또 찾으러 떠나

매일을 보내며

그것을 기쁘게 받아들인다

어제는 바람이 많이 불었고

너는 한층 여유로워진 몸짓으로
나를 반겼다

비가 온다는 소식은 없었다

그래서 너에게 기댈 수 있었을까

햇볕이 따뜻하다

눈을 살며시 뜨고 거리를 걸었다

오랜만에 마음을 꺼내어 널어두었다

4月

마음은 햇볕에 바삭하게 말라가고

정적 속에 편안함을 느낀다

나는 기지개를 켜며

조용히 이야기를 이어가다가

나는 사람 눈을 오래 쳐다보지 못해

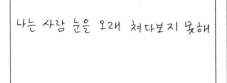

잠시 공터에서 한숨 돌린다

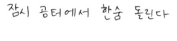

어떤 사람의 눈은 그 속으로 나를
빨아들이는 것 같아서

그리고 다시 대화로 돌아와

눈을 피하기도 해

시간을 함께 보낸다

어제는 네 앞에 앉아

여느 때와 같은 눈이었다

잠시 정적이 흐르는 동안에

무언가를 잡아두고 있는 그 눈

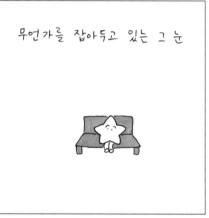

계속해서 너의 눈을 마주 보았다

그 눈은 어려움 없이 오래 마주 보았다

날씨는 참 맑았다

그늘이 살짝 드리워진 그 눈을
오래도록 바라보았다

눈에 빛이 비쳐
반짝할 법도 한데

내 눈을 계속 맞출 수 있게 해주었다

너의 눈빛은 희미하구나

그늘이 담긴 눈이
나에겐 안심이었다

4月

여느 때와 같은 하루였다

여느 때와 같지 않은 시간

날씨가 좋고 산책하기 참 좋은 하루

그렇지만 두 번은 없을 귀한 시간

그 하루는 마음에 한 지평선을 그어서

뒤돌아보고 싶은 마음을 남겨두었다
두고 온 그 마음을 가끔씩 꺼내보고 싶었다

우리는 조용히 앉아 사색에
빠져 있었다

나는 그 모습을 조용히 지켜보다가

친구는 신앙을 가지고 있진 않지만

이내 다시 앞을 바라보았다

두 손 포개어 기도를 드렸다

괜히 손가락만 꼼지락거리면서

조용히 묵념하는 동안

나도 사색을 빌미로
손을 포개어 기도의 자세를 취했다

너는 어떤 안녕을 빌었을까

무엇을 위해 기도할까?

누구를 위해 기도해볼까

그런 생각을 이어가다가

기도를 드리면 실타래처럼 뒤엉킨

깜깜한 머릿속을 걸어가면서

이 마음이 진정될까 싶어

새어 나오는 마음의 소리를
요리조리 피하다

눈을 꼭 감고 생각을 비웠다

결국엔 붙잡혀버렸다

내 마음이 꽤나 엉켜 있구나

나도 잘 모르겠는 이 마음을
놓아주기로 했다

생각들을 어디서부터
풀어야 하는지

애써 맞서 싸우지 않으려 했다

급하게 풀려고 노력할수록
엉키는 바람에

그런데 조금만 다르게 생각해보면

엉킨 마음을 확인했으니

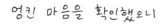

나는 토끼가 되어
여유로이 낮잠도 자고

이제 풀어나갈 일만 남은 것이다

거북이가 되어 부지런히
풀어나가는 거지

토끼와 거북이 이야기처럼

\안녕!/

다시 나아갈 보통의 하루를 위해

54

너에게 나의 불안을
　　　비춘 듯해 미안해

긴장이 풀려 풀썩 쓰러지게 되는 날

마침내 '여유롭다' 라는 말이

불안이 여전히 내 곁에 있어도

억지가 아닌 날숨에
　　　자연스레 나오고

난 둥-둥 유영하며 자유로울 거야

나의 안녕을 빌어주어 늘 고마워

나무를 안아주는 사람

어렸을 때부터 오래된 나무를
좋아했다

그 나무들에겐 겸허한 힘이 깃든
듯해서

오래 산 나무들은 이름이 주어지고

언제까지고 그 자리에 머물 것 같아

수호신이라 불렸다

5月

하지만 나무들은 인간의 욕심에
의해 무너져갔고

나무를 안고 있는 사람의 뒤로 보이는

곧 꺾일 나무를 안아주는 사람의
사진을 보았다

이미 공허해진 땅만큼이나
나도 공허해졌다

쉽사리 눈을 뗄 수 없었다

조용히 나무들을 안아주었다

우리 집은 숲으로 둘러싸여 있다

나무 아래엔 작은 터가 있어서

집 뒤로는 넓은 산이 있고

여름엔 늦은 시간까지 사람들이 모였고

조금만 내려가면 오래된
            나무가 있었다

모두들 여유롭게 시간을 보냈다

그러던 어느 날,
　　주민들의 이야기를 들었다

마음 한 편으론 그 나무가
　　사라지지 않았으면 했다

곧 집이 들어와서

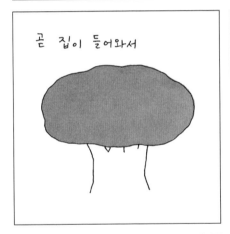

한껏 안을 수도 없이 컸던 그 나무는

나무가 베어질 것이라고,
그 자리는 곧 비워져야 한다고 했다

수호신이 될 수 있었으니까

어느 날 아침, 마을을 내려가는데

나무가 무너지는 소리는 나지 않았다

나무가 사라져 있었다

그저 깃털처럼 사뿐히 누워 사라졌다

그 큰 나무가 사라지는 데
하루도 걸리지 않았다

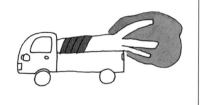

마치 꿈결처럼

원래 그 자리에 없었던 것처럼

수호신이 된 나무들을 떠올린다

수호신이 될 수 있었던 나무들을 떠올린다

그 자리에 서서 셀 수 없는
시간들을 보내며

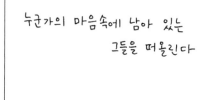

누군가의 마음 속에 남아 있는
그들을 떠올린다

모든 것을 지켜봤을
나무의 자태를 생각한다

누군가도 그 나무를 기억할까
생각하면서

夏

여름

너는 참 다정하구나

그 순간 마음속에 따뜻한 꽃이
피어난 듯했다

초등학생 때 이 말을 처음 들었다

나는 다정하구나

누가 해줬던 걸까?

기억이 잘 나지 않는 상냥한 내 친구

그 말을 자주 복기하였다

그 다정은 나에게만 있는

나의 다정은 억지가 아니라

보물처럼 느껴져서

물 흐르듯 나오는 상냥함이었다

잘 갈고닦으며 소중히 했다

어린 나의 단단한 다짐이었다

나의 다정은 모두를 향했지만

그 사람만이 줄 수 있는 다정과

그것을 소중히 하는 사람들에게만
보이기 시작했고

그것을 느낄 수 있는 내가 좋다

돌려받은 다정을
소중히 하기로 했다

다정한 사람이 좋아

힘을 뺀 부드러운 미소를 전하고

우물쭈물하는 사이
　　　푹 안아준 따스함에

각자의 자리에서
　　　같은 하늘을 바라보고

나는 계속 다정한 사람으로
　　　　남고 싶다고

안녕을 물어봐주는 마음

바라고 또 바란다

그런데 다정이라는 것이

친절함이 바닥을 보이기 시작했을 때

계속해서 쏟아져 나오는
화수분이 아니더라고

내가 더 이상 다정한 사람이
아닐까 봐

쓰면 쓸수록 바닥이 보이는 단지였다

조금씩 두려워졌다

6月

예전만큼 다정하지 못한
나에게 실망하고

나를 희미하게 만들었다

불편한 상황에도 내내
억지로 웃는 내가 미웠다

마음이 공허한 이유는 그것이었다

그러다 끝끝내 나를 위한 다정은
남겨두지 않았던 사실이

나를 위한 다정이 없다는 것

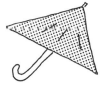

다정함이 널 지치게 한다면

그 마음이 너무 따뜻해서

이 다정은 누굴 위한 다정일까

나를 미워하지 않기로 했다

친구는 꼭 껴안듯 이야기해주었다

나에게도 다정을 남겨주자

내가 다정하지 않다는 것이
참 두려울 때

꼭 안아줄 수 있음에 감사하다

그래도 내 속 어딘가에 남아 있는

꼭 안아 차가운 마음을 녹이고

나에게 다정한 사람이 될 수 있길

다정함이 불을 밝혀
차가운 마음을 맞이하고

여전히 난 다정한 사람이 좋다

이미 알고 있는 것

비가 며칠 동안 내리더니

녹아내리는 더위에 조금 지친다

다시 햇볕이 내리쬔다

아아! 여름의 시작이구나!

해를 보는 것은 기쁘지만

저녁 어스름이 슬슬
　　　깔릴 때쯤에서야

시원한 바람이 불어온다

오늘 꽤나 지친 하루였어

바람을 맞으며 하루를 반추한다

다녀왔습니다

75

더위를 먹었는지 배가 고프지 않아

그런 마음이 무색하게
자주 나를 놓친다

저녁을 또 거를 뻔했다

어서 자리에서 일어나

이럴 때일수록 나를 잘 챙겨야 하는데

냉장고를 뒤적거린다

남아 있는 재료들을 꺼내보니
볶음우동이 제격일 것 같아

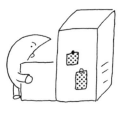

자글자글 휘휘 요리하는데

바로 요리를 시작하자

내가 잘 알고, 참 좋아하는
냄새가 퍼지는 거야

달군 프라이팬에 양파를 올리고

그 순간, 어떤 기운이 날 스쳐 갔다

힘내어 식사를 즐겼다

그저 양파를 볶는 간단한 일인데

나를 위한 맛있는 저녁 식사였다

음식이 맛있게 완성되었으면 해서
힘내어 요리를 끝내고

잘 먹었습니다

12월부터 ————————————————

冬

겨울

———————————————— 2월까지

챕터가 끝나면 깊은 바닷속에서
수면으로 나오는 기분이다

이야기를 하며 책상에 펼쳐둔
물건들이

이내 나의 무게감은 여우비처럼
간지럽고 포슬거린다

나의 다짐에 힘을 실어준다

그 정도의 무게감을 느끼며
나는 그렇게 나아지고 있다

이게 바로 나야

끝남과 동시에 다음 챕터는
곧 시작되겠지만

그사이 고요한 적막을 즐긴다

언제나 그래왔듯이

─웃샤

다음 챕터가 다가와도
잘 머물다 보낼 것이다

너무 멀리가지 말고 돌아와

먼 길을 떠나더라도

그런 생각이 들어 신호가 오기 시작하면

돌아올 곳으로 돌아오면 된다

한 발자국씩, 나의 익숙한 루틴으로

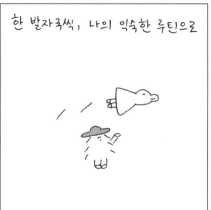

내가 어딘가로부터 너무 멀어졌구나

다시 돌아오자,
        나의 집으로

조만간 얼굴을 또 보면 좋겠다

연초 곁엔 항상 사람이 참 많다

사랑스러운 사람이니까

나는 그 이유가 다름 아닌
연초에게 있다고 생각했다

당연히 그 곁으로
모이는 거라 생각했다

아마 한 번도 의심하지 않았다

9月

비 내리는 날이 자주 돌아올수록

그래서 그런 너의 곁에서
열심히 말해주었다

그녀는 자신의 사랑을 재곤 했다

소라처럼 속 숨어버린 네가

나는 그럴 필요 없다고 생각했어

그대로 숨어버릴까 두려웠어

나는 너를 기다리면서

잘 지내고 있는지 궁금했던 걸까

여느 때와 같은 삶을 살아

이름을 부를 수 없는 사이가 될까
두려웠을지도 몰라

가끔은 꿈에 너의 얼굴이 비치기도 해

그렇게 전전긍긍한다

너를 기다리는 시간들 속에

주어가 불분명한 문장을 쓰면서

나는 주어가 없는 글들을 적어 내려가

나에게 쓰는 말인지
너에게 하고 싶은 말인지

가끔 일기보다 편지가
쓰고 싶은 날이 있잖아

속에 있는 마음을 꺼내어본다

그래서 나는 이 마음과 함께

지하철 출구에서 서로의 얼굴을

약속 시간에 조금 늦는 친구를
기다리는 것처럼

애타게 기다리는 사람들처럼

5분만 더 5분만 더를 중얼거리면서

너를 기다린다

9月

나는 만남의 끝에 있는 미소를
참 좋아하니까

너의 곁을 지키며

기다리고 싶었던 것 같아

언제나 사랑한다고 말할게

그 순간을 위해서 말이야

그리고 밝은 미소로 너를 맞이할게

꾹꾹 눌러써준 그 마음이
    참으로 고마워서

내가 괜찮은 사람이라고
        믿고 싶어진다

너에게 마음이 닿을 때까지
    나도 계속 전해줄게

그 미소를 보며
    편안한 안도의 숨을 내쉬어

네가 나를 보고 웃어줄 때마다

그제야 마음을 놓는다

정말 고마워

다음에 봐!

안녕!

조만간 얼굴을 또 볼 수 있음 좋겠다

손을 흔들고 웃으며 서로 등을 돌려
가야 할 곳으로 떠날 때

그렇게 생각했다

이상하게 발걸음이 가볍다

사랑은 사람을 참 궁금하게 만들어

그 많은 우연 속 맞닿은 순간에 집중해

상대에게 이끌린 다정함은
나를 무방비 상태로 만든다

심장 소리만이 울려 퍼진다

어느 순간 다정함이 싹트고

둥 - 둥 - 둥

10月

내가 너에게 사랑한다 말했을 때

하루의 안녕을 빌어주는 것만큼

전하는 이 마음과 순간이
여느 일상과도 다름없으면 좋겠다

그만큼의 무게를 실어서 보내주고 싶어

많은 수식어를 덧붙이지 않아도

말의 따스함만 온전히 받고
하루를 살아가면 좋겠다

그래서 자잘한 것들은 접어두고

그 시간에 집중하며

진심이 담긴 그 눈을 바라보았을 때

사랑한다고 말하고 싶었어

별말 없이도 사랑한다 느꼈어

10月

그 사랑은 닿지 못하고
　　　이내 사라졌지만

두렵지 않다면 거짓말이지

사라져버리고 난 후의 마음을
　　　빗질하고 있다

하지만 또 다가갈 수 있다면

또 다른 만남을 궁금해하는
　　　마음이 싫지 않다

그 순간을 한 번 더 믿어보고 싶어

좋아하는 사람이 생겼을 때

그것이 사랑인지 다짐하는 데도
참 오랜 시간을 보내는데

어떻게 해야 이 마음을
잘 전할 수 있을까

풀썩

어떻게 마음을 전할 수 있는 걸까

나는 사랑에도 서투르고

너무 어려운 일이야

그러게

이것은 당신만을 위한 다정이니

그렇게 말하면 알 수 있을까

그러니, 한번 눈여겨 봐 달라고

조금 힘을 주어 말해볼까

그 사람만을 위한 사랑의 다짐이
빛을 내어 말해주면 좋겠다

사랑 앞에서 겁내는 나 또한
별말을 해줄 수 없었다

광활한 우주 속 별들이

두려움이 앞서 또
후회할지도 모르지만

서로 부딪혀 반짝임을 보여주듯

이번엔 얼굴을 맞대고
눈을 맞추고 이야기할래

다시 한번 부딪혀보자

끝을 흐리지 않고
느리지만 단단히 말할래

10月

사랑이라는 단어만이 빠진
대화 속에서

서로가 서로를 가리키는 순간을

사랑이라고 받아들이며

공주는 언제나 소리 소문 없이

짧게 안부 인사를 전한다

조용히 다가온다

반짝이는 것들을 좋아하는
까마귀처럼

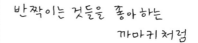

'잘 지내고 있니?' 라고 운을 떼며

우리는 반짝이는 이야기를 나누곤 해

10月

너는 스스로를 이렇게 표현했지

너는 돌풍처럼 시간을 보내다가

바람처럼 다녀가는 사람이라고

산들바람이 되어
나의 곁으로 다가올 거라는

내가 자리에서 조용히
무언가 쌓아가고 있으면

그 말이 참 좋아

바쁜 일상 속에서도
아름다운 것을 찾아

나도 그런 널 위해
이야기를 모아둔단다

나에게 들려주겠다고
생각하는 거잖아

나중에 모두 들려줘야지

그게 참 너다운
다정한 모습이라 생각해

하면서 그 순간을 그려보곤 해

네가 산들바람이 되어

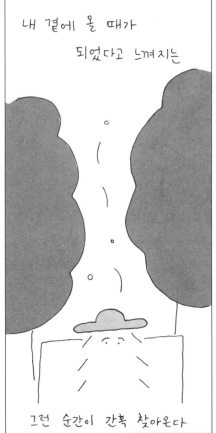

내 곁에 올 때가
되었다고 느껴지는

그런 순간이 간혹 찾아온다

그럼 난 이 자리에서 널 기다려

오랜만에 만나 저녁을 먹고
산책하는 동안

노력하는 모든 것들이
기특하다 했지

오래도록 하지 못한
이야기를 나눴다

모든 걸 사랑스럽게
바라보려는 널 보면서

넌 살아갈 이유를 찾으며

나도 너만큼이나
아름답게 살고 싶어진다

앞으로 네가 넘어갈 고비들을

함께 나이 먹어 가고 싶다

너답게 잘 넘어가길 기도할게

사랑스러움을 잃지 않고서

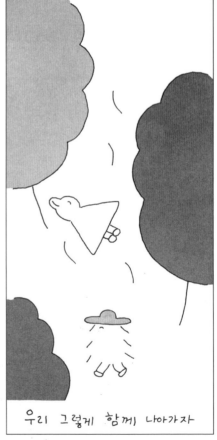

우리 그렇게 함께 나아가자

우리는 깊은 바다에 빠져
헤엄을 치고

그렇게 자유가 무엇인지 찾아간다

잠깐 모래사장으로 나와
쉬기도 하고

우리 함께 갈 수 있는
곳까지 가보자

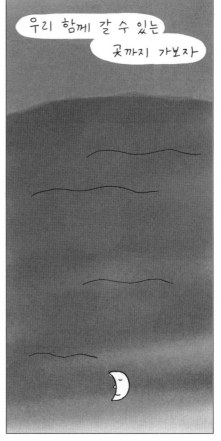

그러다 다시 바다로 가겠지

세찬 바람을 가로지르며

바람 사이로 들린 너의 질문에
대답하기 위해

목도리로 연신 얼굴을 덮었다

바람이 세차게 부는 동안

발걸음을 재촉한다

건네줄 대답을 곱씹었다

곱절로 사과하는 날에는

스스로 모진 말을 하며
　　　눈물을 보이곤 해

사랑하는 사람들에게 너무 미안하다

엎질러진 불안 앞에서
꾹꾹 담아 말한다

전달하고 싶지 않은 이 불안이
　　　닿은 것 같아서

오늘 미안했어.
　그리고 고마워　　　괜찮아

시간이 흐르면 불안과 우울에
　　　익숙해질 줄 알았는데

친구가 우울증 자가 진단표를
　　　　　준 적이 있다

받아들일 때도　됐는데

해당하는 부분마다
　　　손가락으로　세봤지만

왜 아직도　힘든 걸까?

손가락을 많이 접진 않았다

나는 그냥 그런 사람인가 보다

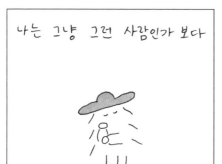

외면하고 싶은 마음이 있는 걸까

우울이 자잘하게 끼어 있는 사람

그저 스스로 결론을 내리는 것이다

이제야 잘 맞는 옷을 입었다고
생각했는데

나는 날씨 같은 사람이라고

오늘은 날이 흐리고 눈이 왔으니까

바람처럼 자유롭게 흐르는
　　　사람이 되기도 하고

입김처럼 스르륵 사라지는
　　　사람이 된 것이다

그렇게 옷을 바꿔 입는 거지

아름다운 노을처럼
　　　빛나는 사람이 되기도 하고

그 이상도 그 이하도 아닌 것이라고

꼬리에 꼬리를 물던 생각에
마침표를 찍는다

한 뭉치의 숨을 내쉰다

찬 바람이 다시 세게 불어온다

하얗게 서린 입김도

몸 가득히 숨을 모아

찬 바람과 함께
눈앞에서 곧장 사라져 갔다

167

머리가 너무 무겁게 느껴져서

다음 날 아침

어딘가에 계속 기대다

비몽사몽 어제의 기억을
되짚어 보다가

곤히 잠들어 밤을 보낸다

집을 서성이며 걸어다녔다

그리곤 작게 소리내어 웅얼거렸다

그래도 즐겁게 살았으면 좋겠어

어젯밤, 나에게 정말
해주고 싶었던 위로의 말들을

편안히 살았으면 좋겠어

난 내가 사는 동안은

의존의 뜻은 다른 것에
　　　　의지하여 존재함

그로부터 6년이란 시간이 지났지만

의지의 뜻은 다른 것에 마음을
기대어 도움을 받는다는 의미이다

팔락

선언이 무색하게 아직도
　　　　의지하는 것이 어렵다

나는 누군가에게 의지하는 사람이
　　되겠다고 선언했다

익숙하지 못한 사람이라는 것이
　　나를 둥둥 뜨게 만든다

=3

나는 어디에 누울 수 있을까

나를 받아줄 동산으로 또 떠나고

마음 누일 곳을 찾다가
　　　동산에 눕는다

사람들은 애쓰는 내 손을 잡아준다

잠시 쉬었다 다시 떠나고

손이 참 따뜻하다
　이 감사를 어찌 전해야 할까

나의 남은 마음을 쪼개어 두고 온다

또 머물 곳을 찾아
떠나야겠지

그런 생각을 하며

그러다 가끔은 푸욱 고개를 떨구고

언제나 마음 놓고 누울 자리를
원하기도 한다

어딘가에 기대어 잠들고 싶다

먼 미래는 나를 더 겁나게 한다

다음에 만나!

하며 적어둔

그래서 야금야금 모아둔 마음들이

가까운 약속을 기약하며

상하지 않을 만큼만

부스럭 사이를 거닐며 산다

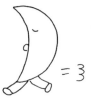

언젠가부터

운이 빗나가는 날이 오게 된다면

라고 느끼기 시작했다

나는 많이 무너질 것 같아

영원히 운이 좋은 사람일 수 있을까?

벌써 두려워서 밤을 지새운다

우연에 기대어 받은
　　　행운들이 너무 많아

우연이 쌓여 만들어진 행운도
내가 만든 것이라며
보듬어주는 너를 보며

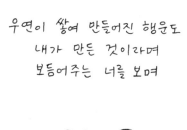

공주는 나의 혼잣말에 이렇게
　　　대답해주었다

내일을 반기며 잘 지내고 싶다

그 우연도 네가 만들었을걸

오늘도 부스럼을 엮어
　　　행운을 만든다

마음이 빈 것 같다

같은 자리에 여러 번 떼었다 붙인
파스가 너덜너덜해졌다

파스라도 붙어 있으면
아프지 않다는 듯이

탁
탁

그 자리에 붙은 반점이 작게 퍼져 있다

떨어진 파스를 다시 제자리에 붙인다

탁
탁
탁

이미 효력을 다해 아무 열기 없는
자리를 매만진다

저녁 먹을 시간이구나
오늘 메뉴는 카레야

사랑하는 사람들에게 자주 대접했던
다정의 음식이었다

보글
보글

카레에는 재밌는 이야기가 숨어 있다

카레는 나에게 그런 음식이다

좋은 냄새

자취를 시작한 후 처음 만들어본
공들인 음식이었고

오늘도 잘 먹겠습니다

하늘 가득 꺼 있던 구름이 진해질수록

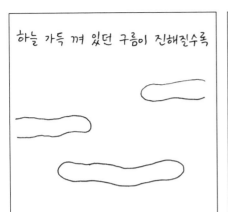

마음이 빈 것 같다

저녁은 다가온다

연락하고 싶은 사람이
떠오름과 동시에

나는 그 자리에 계속 머무를 뿐이고

혼자 있고 싶은 마음이 들었다

8月

잠깐 장 보러 다녀올까

어떤 이야기가 담긴 방일지

창문 너머로 보이는 형체를
가늠해본다

거리를 걷다 보이는 유리창엔
따뜻한 노란빛이 한가득이다

그렇게 잠깐 또 사색에 빠진다

다녀왔습니다

집으로 돌아와서

차를 우린다

청소를 하고

빨래를 돌리고

8月

빨래가 다 되었다는 신호음이 들리면

뽀득뽀득 닦은 그릇과 컵들을
나란히 정갈하게 내려놓는다

빨래를 널고

설거지를 한다

시간이 조금 지나자
　　빗소리가 들리기 시작했다

뚜루룽

역시 하늘 가득 껴 있던 구름은
　　비구름이었나 보다

여보세요? 응,
　　비 오길래 전화했어

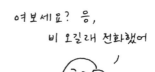

아직 밖에 있을 친구들이 생각났다

조심히 들어가

영원한 것은 없다는 걸 알기에
모든 사랑을 전하려 하지만

그래도 마음을 좀 더 내비칠걸

영원한 건 없으니 모든 것을 주더라도
아쉬움이 남는다

시간이 지나 후회를 하기도 해

나는 그것이 너무 소중해서
거리를 두려 했던 걸까

참 바보 같지만 사랑
앞에서는 겁쟁이가 되어버린다

그래서 괜히 사랑하는 것들과
멀찍이 떨어지려고 했다

그렇게 나를 위해 내린 결정은

그러면 내 괴로움이 줄어들 것이라
생각했을까

나를 좀 더 외롭게 만들었다

사랑하는 것을 미워하는 건
슬픈 일이니까

나의 어느 한 부분은
모르는 사이 삭막해졌다

그래서 난 그때 기억들을
덮어두려 해

아무리 힘들어도 그래선 안 돼

나를 지키기 위해서 말이야

조금은 아주 조금은 그 이유를 알면서도

그러면 안 돼

왜?

그 순간 나는 트집 잡고 싶었다

기억을 잊는 것이
올은 방법인지는 모르겠다

마음을 비워 가벼워질수록
내 다리는 땅에서 멀어지고

지웠다 해서 없는 일이 되는 건
아니지만

땅에서 멀어졌다는 두려움을
난 아직 견딜 수 없으니까

빈 마음이 언제나 옳게
느껴지는 건 아니니까

그러면 안 된다는 충고를
조금은 이해했다

이 마음을 무어라 정의해야 할까

그래서 내 옆으로 사랑하는 것들을
끌어모았다

참 미운 사랑이 있지만

외면하지 않기로 했다

미움 속에서 사랑을
다시 배워보려 한다

그렇게 또 다른 사랑의 모습을
알아 간다

秋

가을

다시 돌아오자

나는 9월이 좋다

바람은 머리칼을 흔들고

여름의 초록과 청량함이
남아 있으면서도

마음까지 흔들어버린다

서늘한 바람이 불기 시작해
가을임을 알린다

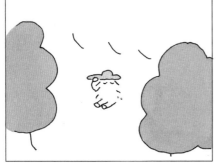

9月

요 며칠 내가 옅어진 기분이었다

순간을 의심하게 만들고

꽁꽁 숨기다 결국
머뭇거리며 스스로에게 묻는

나는 지금 행복한가?

라는 질문이

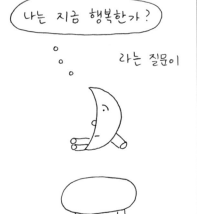

의심이 싹터 슬픔을 자아낸다

그대로 사라질 것 같을 때

잘 구워진 양파 냄새처럼

의심이 싹트는 것을 막는 방법은
아직 찾지 못했다

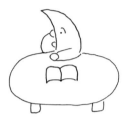

나를 편하게 하는 것들을
곁에 두었다

그래도 이젠 쓰러진 나에게

힘내어 오늘을 마무리한다

너무 가혹하게 굴지 말기를
잘 쉬어가라고 토닥여주기를

6月

알고 있잖아, 무엇이 널 편안하게 하는지

나의 작은 자리

날씨가 좋은 날이면

그래서 산책을 핑계 삼아

이 날씨가 돌아올 걸 알면서도

골목 사이를 지나다니다가

괜히 열심히 즐기고 싶어져

어라

눈길을 끄는 곳 앞에 발걸음을 멈추고

안녕하세요.
어서 오세요

마음과 몸이 편안해지는 곳을

유심히 바라본다

차가운 커피 한 잔 부탁드려요

딸랑

편하신 자리에 앉아주세요

네!

시간을 보낼 자리를 신중하게 정하고

커피 나왔습니다

자리에 앉아 소지품을 늘어놓는다

좋은 시간 보내세요

잠시지만 온전히 내 자리가 될 곳

잔을 기울이며 주변을 살핀다

성실한 마음들이 찾아와
　　　　공간을 채운다

모아 온 소중한 것들을 꺼내두고

그곳을 찾아온 사람들은
　　그 장소를 닮았다

잘 보살펴 진열해두면

그렇게 공간이 완성된다

자신의 진심을 일궈놓은 곳에

누군가 찾아와주는 삶

사장님이 만든 이 작은 자리가
아름답게 느껴졌다

7月

우리 집에 온 친구들은
신기하게도 같은 말을 한다

어서 와!

집이 한층 더 포근해 보인다

집이 너를 똑 닮았네!

친구들의 따스한 말이 덧붙여지면서

어떤 칭찬보다 기뻐서

공간은 비로소 완성된다

좋아하는 집에 사랑을 담았더니
사랑스러워졌다

무심히 툭툭 놓인 것들이

끙
끙

좋아하는 것에 사랑을 담는
기쁨을 느끼고서야

사실은 내가 정한 적재적소의
위치에 있다는 것

여기가 좋겠어

나는 더욱 나다워졌다

그런 이유로 집이 더
소중하게 느껴진다

시간이 너무 빠르게 흐른다

나이가 드는 것도 잊고 살다가

시간은 눈치채지 못할 땐

어느 틈 사이로 부스러진
　　　　장면을 마주하면

정말 느리게 가는 것 같아서

그제야 멈추어 뒤돌아본다

날이 무척 더워서 그런가

불어오는 바람을 느낄 여유가 생긴다

지치는 날이 잦아진다

벌써 7월이구나

더위를 한차례 식히고 나서야

산책을 하다가
그늘진 벤치에 앉았다

사람들이 수다 떠는 소리

어째 집 안보다
밖이 더 시원하지?

같은 생각을 하며

물가의 오리들이 첨벙거리는 소리

살아 있는 기분이 들었다

살아가는 원동력이라는 건

내일을 위해 우려둔 냉침차

내일을 위해 재워둔 토마토절임

냉장고 앞을 어슬렁거리다

어서 내일이 왔으면!

하는 마음으로

내일을 위해 얼려둔 얼음

잠에 드는 것이다

새벽에 잠이 오지 않아

햇양파의 얇은 껍질을 까

내일의 요리를 위해
　　　양파를 정리했다

내일을 위해 정리해두었다

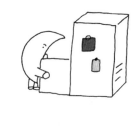

손에 잡히는 무게의 단단함을 느끼며

고작 내일을 위해

살아가면서 '사랑'이라는
단어가 아니면

설명되지 않는 것들이 있다

너도 나의 사랑이라
믿어 의심치 않는다

오늘 기분은 어떤지

참 다정하기도 하지

다정히 물어봐주는 친구가 있다

그 마음이 얼마나 따뜻한지 알기에
나를 소중히 대하고 싶어진다

오늘 기분은 어때?

응, 좋아

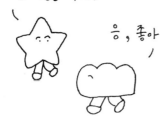

친구가 나를 아껴주는 다정함만큼

창문을 통해 찬 기운이 들어온다

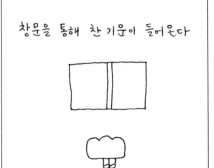

재봉틀로 직접 바느질을 한다

커튼을 달아야겠다

제법 멋진데 !

방에 어울리는 천을 구매하고

혼자 할 수 있는 일이 늘어나
어깨가 으쓱해

147

창문에 커튼을 달아 완성한다

내가 해냈단 사실에 뿌듯해

척!

멋지군

그렇게 혼자 해결하는 것에
용기를 얻어

아침에 일어나 커튼을 바라볼 때마다

하-암

그래,
이렇게 어른이 되어가는 거겠지

어느 날, 문득 그때 느꼈던
뿌듯함에 대해 생각했다

왜 내 마음은 무거운 걸까

호록

뿌듯함에 어깨를 으쓱였지만

이상하게 마음이 무거워졌다

(후들후들)

뿌듯함이 사실 버거움으로 느껴졌을 때

사실

나 좀 대단하지?

하고 보이고 싶었나

스스로 꽤 놀랐다

누군가에게 내가 잘 살고 있다고

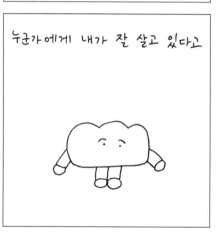

왜 나는 해결했다는 뿌듯함보다
버거움을 느낀 걸까

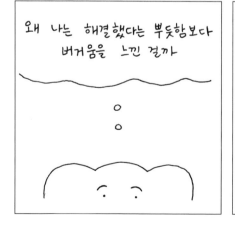

그러니 걱정하지 말라고
말하고 싶었나

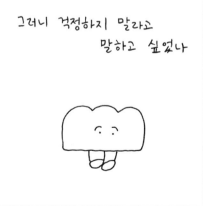

사랑하는 사람들에게
　　　그리고 나에게

진짜 어른 앞에서 나는 제대로
서 있지도 못하는 사람처럼

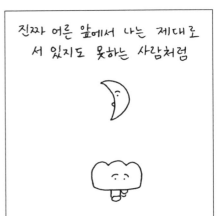

그렇게 안심시켜주고 싶었나 보다

시간 속에서 덤벙거린다

이 또한 익숙하게 해내는 때가 오면
그땐 어른이 된 것일까

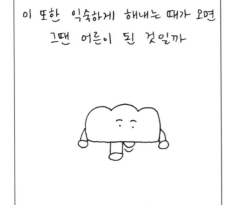

덤벙거리는 내가 애잔해 보여서

마음이 편치 않다

그래서 더욱 당당해 보이려
애쓰는 것일지도

머릿속 상상과 현실을 오가며

뭐든 해보려 더욱 부딪히지만

그렇게 나는 오늘도 애를 쓴다

어느새 밤의 어스름은
　　　　더욱 짙어지고

애를 쓰는데 그게 잘 안 되니
생각만 하다 밤이 가버린다

스스로 힘이 빠져 그제야 잠이 든다

아이고 저런, 괜히 마음이 아파

홀로서기를 잘 안아주길

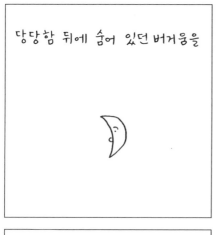

당당함 뒤에 숨어 있던 버거움을

그리하여 평온한 네가
되어가길 바랄게

이제야 깨닫기 시작한 걸까?

다가올 하루가 너무 무겁지 않기를

잘자렴

우리는 서로의 힘

우리는 서로의 힘이 된다

친구와 주고받는 짧은 문장 속에서

손을 건네 함께 기대고

바쁘고 힘든 날을 보내는 너를 알아챘다

적은 양의 마음이더라도
가득히 보여주고 싶어

무슨 말을 전해주는 것이 좋을까

잘 지내냐는 안부조차
무겁게 느껴질까

친구야, 오늘 식사는 했니?

답이 없는 안부더라도
말해주고 싶어

힘들고 바쁘더라도 식사는 거르지 마렴

잠시 밖으로 나와 햇살을 느끼고

바람 따라 움직이는 구름 가득한
하늘도 한번 바라봐

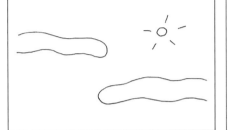

걷다 보면 바닥에 떨어진
낙엽들이 발에 걸린다

빛을 받은 단풍은 더 붉게 빛나고
노란 은행잎은 황금색이야

있지, 너는 모르는 사이에
가을이 지나간다며 슬퍼했지만

벌써 가을이 한창 지나가네

이 가을은 낙엽을 밟는
것만으로도 즐길 수 있단다

반짝거리고 화려한 단풍도 가을이지만

나의 가을은 네가 있어 외롭지 않구나

떨어진 낙엽을 밟고 구름 한 점 없는
하늘을 바라보는 것도

너의 가을도 춥지 않았으면 좋겠다

가을이라 말해주고 싶어

사랑해

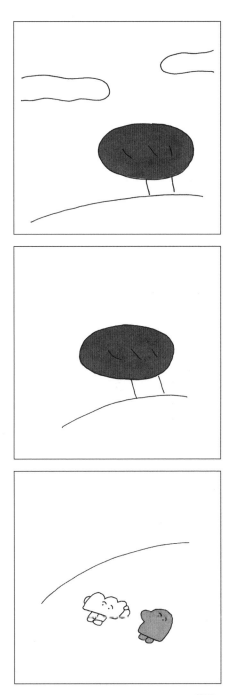

오늘도 다른 이들의 마음을
살피고 다니며

마음이 오가는 곳을 둘러본다

그리고 마지막 종착지인 나에게
다시 돌아온다

다녀왔습니다

잠에 들고 싶다

라고 소리 내어 말하며
하루를 정리한다

그래서 글을 쓰고 기록해둔다

오늘의 마음을 소화시키고

의지를 잘 하지 못하는 모습에는

정말 그렇게 되지 않을까?

싶어서

스스로 단단해졌으면 하는 마음도
함께 숨어 있다

그래서 기대는 모습을 감추게 된다

단단한 사람처럼 보이는 척이라도 하면

그런 마음을 알고 있는지

그 한마디에 안심한다

나의 사랑들은 언제든
도망쳐 와도 된다고

거리낌 없이 그들의 어깨를
내어준다

고맙고 고마운 마음

행복한 도망이구나

겨울이 오고 추위가 찾아온 것에
익숙해진다

마음은 참 고요한데,
이상하게 마음에 여유가 없다

계절의 변화에 몸이 자리 잡는다

그런 날이 있지,
바다에 가고 싶은 날

일렁이던 마음도 멈춘 듯해

이 계절을 잘 지내고 있다

지금 바다로 떠나야겠다

1月

적막만이 가득한 이곳

나의 심장 고동 소리가 크게 들린다

너무 고요해서 파도 소리밖에
들리지 않고

그 소리가
내 안까지 울려 퍼진다

그래서 내 마음이
　　편치 않았던 것일까

이 비워진 마음에

무엇을 채워 넣어야 할까

다시 돌아가자

'공허하다'라는 추상적 표현이
내 마음에 내려앉았을 때

마음에 구멍이 난 것처럼 추운 것?

나는 무엇이라 느꼈을까

걷고 걸으면 지구 끝에
닿을 수 있을 거라 생각했을까

밥을 먹어도 배고픈 것?

안녕!

공허는 끝끝내 사라지지 않았지만

이제 집에 갈까!

너의 얼굴을 보니 이제야
안식처에 도착한 기분이었다

조심히 가   안녕

터벅터벅 걸어 집으로 간다

눈이 오는 겨울은 덜 적막하니

느슨한 긴장감과 안도감이
발자국마다 남겨진다

그것으로 우리는 추운 계절을 살아가지

이 긴장감을 가지고 사람들은
어찌 사는지

창문 밖으로 눈이 내린다

작은 무게의 소리가 방 안을 채운다

처음엔 빗소리처럼
   토독토독 소리가 나더니

새벽이 포근히 지나간다

이내 바닥에 닿는 가벼운
눈송이 소리가 들린다

어느 여름날이었다

이 책 너랑
잘 어울린다

어떤 건데?

뜨거운 햇볕을 피해 서점으로 들어갔고

너무 덥다!

그 책의 제목엔 '여름'이 들어가 있었다

제목이 맘에 드네

그 책을 처음 마주하게 되었다

여름이 담긴 책이었다

팔락

마침 계절은 여름이었고

가방에 있는 이 책을 어서
읽고 싶은 생각만이 가득했다

무척이나 더웠고 초록이 가득했다

밖으로 나오자 다시 땀이 나기 시작했다

여름의 기운이 담긴 책을 샀다

제목처럼 책은 여름에 닿아 있었다

여름과 겨울, 그 속에 숨김 없이 담긴
당신의 하루를 적어놓은 글들에

오늘 하루 작가님의 눈에 비친
그림자들은 어땠을까

나는 읽은 부분을 읽고 또 읽고
반복한다

별것 없는 하루를
잘 보냈으면 좋겠습니다

작가님은 지금 무얼 하고 계실까?

그렇게 여름밤을 지낸다

지금의 나는 시간이 흘러 겨울에 남아 있지만 언제든 여름으로 넘어갈 수 있다

그 속에 있는 나를 상상한다

그것이 책의 좋은 점 아닐까

아무리 추운 날이더라도 봄 그리고 여름은 온다

세세하게 표현된 계절의 모습을 읽으며

그렇게 시간은 흐르는 것이다

계절을 음미하며 읽어 내려가다

책을 펼칠 때마다 자연스럽게 생각한다

당신이 쓴 글에 마음을 누인다

밥은 드셨는지 잠은 잘 주무셨는지

얼굴도 모르고 만난 적도 없지만

그렇게 닿지 않을 안부를 보낸다

이 책이 소중한 이유는 하나 더 있다

바로 책갈피

이 책에 쓰는 책갈피는 시향지다

콩 ― 콩

나는 집히는 대로 책갈피를 쓰는 편

여름에 백화점에서 받은 오일 향수 종이

시향지 받아가세요 ―

감사합니다

멋진 책갈피를 쓸 때도 있지만
가방에 굴러다니는 영수증도 잘 쓴다

포근하면서도 달콤한 향이 난다

향기 좋다

시향지를 어디에 둘까 생각하다가

겨울인 지금도 책에서 향기가 난다

마침 가방에 있던 책 사이에
끼워두었다

딱이다!

그렇게 시간이 흘러도 이 향은
여름으로 기억된다

생각보다 향이 오래 퍼져 남아서

책 속의 계절은 멈춰 있어

그래서 언제든 꺼내 볼 수 있지

그때의 나로 돌아갈 수 있지

볼이 붉어지는 사랑

사랑을 해본 적 있니

볼이 붉어지는 것이
사랑이라고 느꼈단다

아주 오래전의 나를 잊고 살다가

그 바람은 여느 때와 다르지 않아서

스르륵 불어온 찬 바람에

그것을 알아차리기 전까지
많은 시간이 흘렀지

2月

어찌 그리 사랑을 애타게 불렀을까

너의 손에 쥐여주고 싶었고

그 이유가 궁금해서 가만히 생각했다

나에게 남은 이 사랑을

거르고 걸러 아름다움만 남은 마음을

너에게 가득 따라주고
싶었던 것 같아

아름다운 사랑을 볼 때

서서히 녹여버렸다

미소 지으면서도 눈물이 나는
이상한 마음이 내내 맴돌다가

다시 한번 오랫동안
잊고 살던 사랑이

결국엔 사랑이 오랫동안
마음을 깊게 누르던 생각을

새로 자라나고 있었다

남들은 편하게 느꼈을 사랑이

두려움으로 남았지만

나에겐 너무 어려워서

그 두려움은 서서히

긴 시간 뒤돌아 서성이던 걸음이

안도감으로 바뀌기 시작했다

너는 매우 아름다운 미소로
　　　시간을 붙잡았고

나도 그 시간 속에선
　무엇 하나 잃고 싶지 않았다

그래서 충실하게 보냈지

문득 그런 생각이 들 때가 있잖아

선명하던 손짓은 시간이 흐르면서

이 순간이 오래오래 기억에 남겠지?

향기만 남기고 사라질 테니까

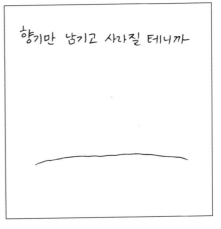

그럴 때면 난 조금 슬퍼져

사라지는 걸 구태여
붙잡을 순 없지만

지금 이 순간 행복하다고 읊조리며

사랑이 불어와 붉어진 얼굴에

잊지 않도록 잘 간직해서

다시 한번 그 마음을 반겨본다

꺼내 볼 수 있게 할 거야

2月

버스를 타고 약속 장소로 가는 길에

눈을 감으니 잔상이 남아

창밖의 태양이 나를
강렬하게 바라봤어

눈가를 흐리게 뒤덮는다

아름다웠기에 애써 눈을
피하진 않았지

아름답다

2月

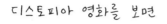
디스토피아 영화를 보면

지구가 멸망하기 전
태양이 가까워지고

이대로 사라진다면?

이라는 상상을 하다가

결국 모든 것이 소멸해버리던데

버스가 방향을 틀며
상상은 끝이 났다

대신 거대한 구름 두 송이가 나타났다

너무 아름다워서

이번엔 구름들을 눈에 담았다

약속 장소에 도착해
친구를 만났다

다시 밖으로 나와 산책할 때 친구가

저마다 살아온 이야기를 하고

행복과 걱정이 묻든
미소를 지으며 호응하였다

오늘 하늘이 정말 예쁘더라

라고 말했다

나만 아름답다고 생각한 것이
아니구나

같은 생각을 한 것에
마음이 편해졌다

너도 아름답다고 생각했구나

역시 그때 지구가 멸망하지
않아 다행이다

우리가 다른 자리에서
같은 하늘을 보고

정말 다행이구나